風雨談社——原發行者
蔡登山——導讀

風雨談

雜誌精選

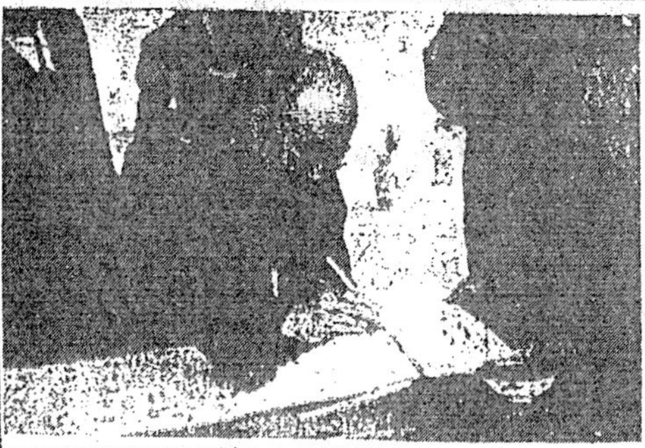

畫鍾進士像題記

藥堂

金冬心雜著六種，寒齋有巾箱小品本，補梅仙館刻本，當歸草堂刻本，最後乃得桐西書屋刻本。當歸草堂本目錄後有魏稼孫題記，末云：

「余既當歸草堂校刊此種，旋得湖州凌子與游邗上來書云，冬心畫記尚有吳門潘氏桐西書屋刻本，時剞劂垂成，追還不及借校，附記於此。」

案潘氏刻題畫記五種時在同治壬申，比丁氏本才早六年，有王鴻朗跋，不言所據何本，略一比校，但反多舛誤刪改處，唯末附刻王篾甫先生畫鍾進士像題記一卷，却頗可喜。王篾甫即鴻朗，前有光緒丁丑潘介繁序，畫鍾馗題詞世多有之，但只散見各人集中，今彙為一卷，一人之作而有二十二則，可謂難得矣。今年夏日乃又得一册，則上有紅藍二色批語及墨筆題識，語多可取，

《風雨談》雜誌精裝復刻本，本圖選自第一期。

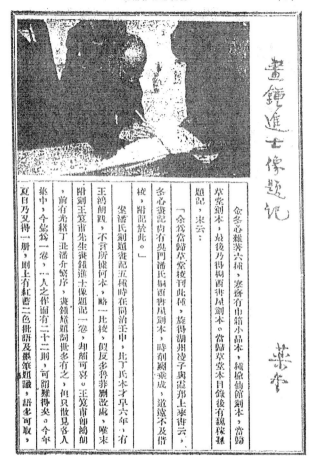

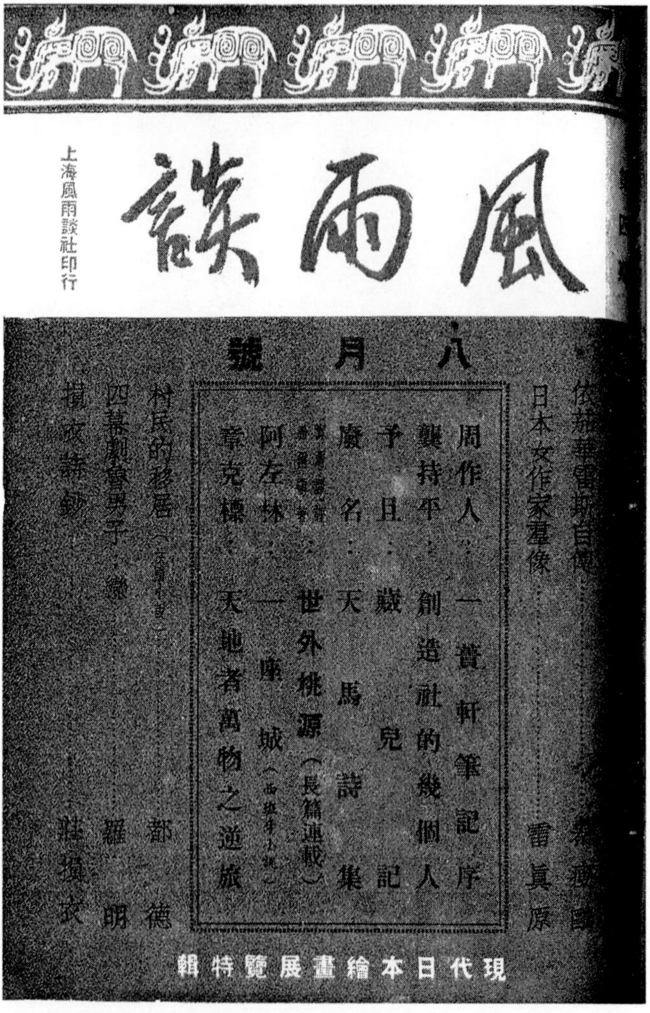

《風雨談》雜誌精裝復刻本，本圖選自第四期「現代日本繪畫展覽特輯」。

懷鄉記

異國心影錄

柳雨生

在我過去一切的寫作經驗裏，我覺得像寫我現在的這一篇文章的心境，還是陌生的，如果我不願意說它是無聊的。我曾經到過日本去一次，所晤見的多數是那邊文學界知名的人們。我和林房雄先生談過幾次話，同時叫我回憶起從前讀過的開明書店出版的『林房雄小說集』，發生無限的感觸。是他說，要寫一篇關於我的文字。後來，我又看到片岡鐵兵先生的一篇文章，大約是登在日文的『週刊朝日』罷，上面有一兩段話有着和我有關的文字。我是不懂日文的人，請懂得的朋友們看了，才知道片岡先生的批評。這樣也就過去了，林房雄先生的文章，却未曾讀到，我想，他的著作生涯是很忙的，未必寫出。但是，菊池寬先生倒是寫了一篇，聽說是登在『文藝春秋』上面的，我既不懂日本文，當然不會無意的看到。看到的是一篇中文的譯文，登在上海一家週刊的，裏面談到我云云。我對於一切異國的作家們對我的眞實的感情，常常是用一種不用多說話的無言的領略去接受它的。實際上是我既然不懂日語，也就是不能夠多言。既然不能夠多言，沈默是我應該守的本份了。

我曾經像一頭沒有家的小貓，在異國遨遊了一個不長不短的時間，心裏異樣的感觸並不是絕對沒有的。但是我回國之後，我沒有向任何朋友，眞的，甚至於任何相識的人提到一句話，寫及一個字，有關於我在日本的印象和感觸。就是我的家人，譬如說我的妻吧，我也未嘗告訴過她一句，什麼是敷島牌的烈性紙烟，什麼是日本婦人所歌舞的『春雨』。到今日爲止差不多有四個月了，我也同樣的謝却一切好友們的請求，不肯寫一點返國後的筆記。爲什麼這樣呢？因爲我只是一個文人，一個喜歡與人世間種種的可驚可喜可哂可泣的色相接觸的人，在我的生活修養之中，必然的有一個時期我需要沈默，我也需要回憶，我也需要靜想。我不願意淺淺薄薄的說出一兩句話，發表一兩段卑無高論的主張，來取悅於我所不喜歡的人，或取憎於喜歡我的人。我在任何時間需要的永遠是誠實。

《風雨談》雜誌精裝復刻本，本圖選自第六期。

清宮怨公演前後

江泓

朋友們的熱誠鼓勵與指示，針對着風聞的冷刺與漫罵，我與黯，我心寒。懷着一種複雜矛盾的心緒，我徘徊在「清宮怨」演出之前。

「讓事實來擊滅虛無，你又何必担憂呢？」朋友們說。

「在現社會中求生的人是免不了在顛簸中動盪的，你又何苦多慮呢？」又說。

……終於我在好友們的關懷和敦促之下，抱着一顆冒險忐忑的心，決定再度飾演西太后了。

排練間中各方面接連而來的「忠告」使我平靜了的心田又起了陣陣微波，使我感到莫名的惆悵，大概因爲我太缺乏社會經驗吧！不懂「酬世，」不懂「趨奉」，甚麼也只好聽憑現實來表現一切了，不過在排練期內，興奮中多少帶着些惶恐的。

「塔的尖端是難以立足的」這確是一句警惕而有鼓勵意味的話，世界上的人，那一個不想站上塔的頂點呢？可是因了空間的阻力與現實的險惡又使他們可望而不可及，雖然誰都在一天天向上爬着。我這次在顧仲彝先生揮汗指導下，也算是盡了最大的努力，我不能滿足首次在「璇宮」的演出，因此我收集了更多關於西太后的資料，希望在舞台上的，不僅是一個軀殼而已，她是有靈魂，有血肉的。

現在「清宮怨」是獻演在觀衆面前了，自己是否有所進步，早已失去了辨別的能力。然而我萬分的感謝先進們的批評，指導和鼓勵，我更〃躍，並未遭遇到些微風波，當初的「刺」因何而來，至今還只是一個「謎」！

不知不覺的上演已半月了，每天總得在十二時後始能拖着疲乏的身軀返轉家去，身體雖是相當疲累，而精神上却是無尚的快樂。

漫漫的暑假已過，我也不希望自己就這樣慢慢的隨着流水消逝，我願意學習，再多獲一點知識，多懂一點處世的經驗，來充實自己，我要爲「生命」而存在，爲「生命」而搏鬥，我知道自己的幼稚，這在社會的舞台上，我眞顯得太渺小了。

《風雨談》雜誌精裝復刻本，本圖選自第七期。

導讀：柳雨生（存仁）與《風雨談》

蔡登山

二○○九年八月十三日上午十一時十五分，國際著名的道藏學者——柳存仁教授，在坎培拉Calvary醫院病逝，享壽九十二歲。柳存仁是一位傑出的學者，但瞭解上世紀四十年代上海淪陷時期文學的人都知道，柳存仁曾以柳雨生之名，活躍於當時的文化界，是一附逆文人。柳存仁後來，對他早年經歷是諱莫如深的。有訪談者問起他抗戰期間在上海的歷史，他總是不著一語。他的友人對此段經歷也是避而不談。二○○七年四月十一日上午筆者在台北南港中央研究院文哲研究所參考書室見到已九十高齡的柳教授，身體還算硬朗，慈祥溫和，聊了一會他對小說史及道教史的研究，我邀其把近年發表的論文結集出書，他表示需要有時間整理，對於學術研究，他總是一絲不苟的。我當然也不敢觸及他的忌諱，談他早年的經歷。但歷史是不容回避的，尤其對於一個人，我們總不能稱頌其英雄光輝的歲月，而掩飾其怯懦不光彩的時刻，否則都是失真而不全面的。對於柳存仁教授，我也是做如是觀。他在淪陷時期上海文壇的失足，歷史自有其是非功過的評定；而他遷居海外，多年來一直在異域堅持研究和張揚中國文學與中國文化，成績斐然，這也是事實。從柳雨生到柳存仁，正反映出中國知識份子在二十世紀的時代巨變中的一種出處選擇。而「一生兩世」也正是他生命歷程的概括。

柳存仁（一九一七至二〇〇九），字雨生，後遂以字行。他說，存仁，是舅公左子興秉隆為他取的名字，至於雨生則是上海友人星卜家袁樹珊為他取的，袁樹珊說他五行缺水，遂取名雨生。先祖原籍山東臨清，十世祖自康熙年間即舉家移居廣州，遂常自稱「南海人」。父親為光緒二十四年（一八九八）廣東秀才，於一九一四年北京海關學校畢業後即在稅務處任職，並定居北京。柳存仁一九一七年八月十二日生於北京，幼讀《三字經》、《百家姓》、《千字文》，又續誦四書五經，至十三歲始畢，皆能背。《十三經》也看完數遍。柳存仁初讀於上海東吳二中，後學校停辦，乃轉學光華中學。柳存仁說：「東吳二中的王冥鴻先生，光華附中的潘子端（案：潘序祖）先生對我的知識都有過很大的啟發。」在中學時期，他喜偷看小說，決不擇選，遂常投稿於《禮拜六》及鴛鴦蝴蝶派雜誌，寫偵探小說，頗有聲名。其時，與舊文壇作家趙苕狂、范煙橋、尤半狂、程小青等人為文字交，而尤敬佩程小青。後多讀西洋文學書及國內新文學作家著作，尤喜魯迅、周作人、葉聖陶、老舍、沈從文、茅盾等作品，遂絕筆不再作舊小說。又改寫散文，投稿《論語》、《人間世》等刊物，於是得識陶亢德、林語堂、周黎庵、林憾廬諸人。

一九三五年柳存仁以上海錄取生末名考入北京大學中文學系，受知於鄭奠、羅常培、鄭天挺、孫楷第諸先生。他在〈漢園夢〉文中特別推崇鄭奠（石君），他說：「鄭先生在北京大學中國文學系教授了十餘年，家鄉本是浙江諸暨楓橋阮家埠，在北平就住在北大附近的五老胡同。他這一位頂和藹的恂恂儒者，面孔胖胖的，戴著玳瑁邊的眼鏡，身上穿著一件深藍布的長衫，滿身粉筆灰塵。他的著作極多，從來不允許在坊間的任何大書局出版，然而卻有自己的編纂計畫，每月案頭堆積的稿本積紙總可盈寸。據鄭毅生（天挺）先生告訴我，石君先生已經完成的著述——大部分都是研究中國文學的新的創業者的工作——的稿本已經超出五百種的數目，每種的卷數決不止薄薄的兩三本。他的未出版的論文集要的一部分的稿子，我曾經參加過標點分段，（約一百多篇），聽說另外一部分也有人拿去在清華大學採用。可是商務印書館的大學叢書委員的名單裡面，卻看不到鄭石君先生的名字。正好像民國初年在梁任公先生的口頭義務宣傳以前，即使在學人薈萃的北平，也沒有人注意到快閣師石山房叢書的著者姚振宗一樣。鄭石君先生假使不是比姚振宗的學問來得更見淵博功深，那麼，我想我應該替北京大學謙遜一點的說，鄭先生就是現代的姚振宗。」

除此而外，他在回憶北大的文章中，還談到胡適、錢穆等人。他一九九八年接受中研院文哲所楊晉龍的訪問時說：「其他也有對我有影響的，譬如像孫楷第，是中國小說史的關係；周作人，因為散文的關係；余嘉錫先生，因為目錄學的關係；還有鄭天挺，因為他教我校勘，諸如此類。胡先生跟我有一點私人關係，因為他勸我寫小說史的文字，而且第一篇就登在他編的報紙的週刊，就是我寫的關於陸西星（一五二〇至約一六〇一）的文章。那是寫得很粗糙的。那時我才大學一年級，我以為我也有一點小發現，寫了胡先生一定會刊出來，一定會說兩句好話；他沒有說，他說問題並沒有解決，還可以研究。我想了想覺得這也很公平，所以後來有相當長的時候我就繼續研究這個問題。本來那篇文章只有幾千字，後來我把它寫成一本書，而且是用英文寫的，所以這也可以說是受胡先生的一點影響。」

一九三六年十二月二十二日柳存仁給胡適的信云：

適之先生：

暑假前聽先生「中國文學史綱要」課，言及封神傳著者問題，曾說大概是揚州陸長庚作，後讀《獨立評論》，見先生與張政烺先生通訊，頗證此說。今年秋間，學生對封神傳與陸氏之關係的問題，甚感興趣；曾加詳考，頗有所獲。近日寫有一篇東西（約萬字）題為〈封神傳與陸西星〉。曾請孫子書先生（案：孫楷第）審正，孫先生並加意見及修改。大概這個問題，很近具體化，頗可成立了。因此說前曾由先生及子書先生提出，故生那一篇小文，並擬呈正，不知您有空暇可以抽出賜正否？便中敬懇　示知為禱。專此，敬請

鈞安

學生柳存仁敬上十二月二十二日

後來他這篇文章在北大《文史週刊》刊出，從此他踏上小說史研究的漫長征程。

他在接受楊晉龍的訪問時說：「我研究《封神演義》的作者，文學史上說的作者一直是許仲琳，沒有人認為是陸西星。可是我念大一時，有些學者，如孫楷第先生、胡適先生、張政烺先生也都發現了新材料，即《傳奇彙考》裡有一條講《封神傳》的作者是元朝的一個道士陸長庚。陸長庚實際上是明朝陸西星的號，他的名字的來源就是《詩經》上的『東有啟明，西有長庚』，所以他叫西星。後來我們又從方志，譬如江蘇《興化縣志》、《揚州府志》知道陸西星是明嘉靖萬曆間一個科舉考試失敗的讀書人，後來去做道士，但詳細情形還不了解。但是如果你跟道教人物或道教的書多有接觸，關於陸西星的事知道的就會更多了。後來慢慢我就知道陸西星有一部書叫《方壺外史》，專門講男女雙修這一類的語言，因為是文言文，讀起來很麻煩。還有一部書即《南華真經副墨》，倫敦大學圖書館現藏的那一套還是我送的。他還寫些別的書，佛教的《續藏經》有兩、三種他的書，專門研究《首楞嚴經》，所以這個道士是傳統的讀書人，對佛教有興趣，因此要研究這個人，不得不有一點佛教及道教的知識。尤其是道教的東西對我有一點吸引力。」由於對《封神演義》作者的考證，使得柳存仁更進一步展開道教史的系統整理，後來他更成為道藏研究的著名學者，實肇因於此。

柳存仁在他的〈略傳〉中說他在北大期間，「嗜讀書，家中舊藏線裝舊書數十箱，在北大又日鈔書於圖書寮，嘗嚴冬中午斷食逾兩周，鈔畢海寧王忠愨公遺書。在校開始圈點正續資治通鑑及四史，凡二遍。二十四史迄未能讀完，好在富於春秋，一定不會不能讀。又讀皇清經解，作筆記，皆蠅頭小字。」

一九三七年蘆溝橋事變後，北京大學、清華大學和南開大學南遷長沙，後轉至昆明，組成「西南聯大」。但柳存仁並沒有隨校南遷，他轉至上海光華大學借讀，那時的光華大學校址本是在大西路，可在八・一三事變中被日軍炸毀，所以遷入租界，在漢口路證券大樓復課，柳存仁在此借讀兩年後取得北京大學文憑。他在接受楊晉龍的訪問時說：「我很佩服呂誠之（思勉）先生，他是我後來在光華大學借讀時比較接近的老師，……呂先生對同事和學生都很親切，私人間常有來往。星期天早上或中午，常有年輕的講師，如楊寬、童書業及少數四年級生來一起喝茶，喝茶大概自己要出錢的，目的就是見見面，談一談，所以呂先生我比較熟。還有一個老先生我很熟，即蔣竹莊（維喬）先生，他寫過不少佛教方面的書。他是佛教徒，他最有名的書，到現在還有人提的，叫做《因是子靜坐法》，就是一天到晚講導引，這書蔣先生學的是早年日本人岡田的程序。這個老師清末曾和莊俞先生替商務印書館編過國文課本，民國成立時他是南京政府教育部的秘書長，總長就是蔡元培。他提倡印《大藏經》、《磧砂藏》，如果說要印《道藏》，他也會贊成的。他教我的時候，好像接近六十歲，大概九十歲時才去世。」

柳存仁從三〇年代中期開始，就在報刊上發表文學作品，主要是散文；抗戰前主要在《東方雜誌》、《宇宙風》等刊物上發表有〈蘆溝曉月〉等散文。他說他早在北京大學時，就讀《宇宙風》，從第一期開始，很佩服「語堂、憾廬、知堂、豐子愷、周黎庵、何容、海戈、老向、郁達夫、沈有乾、廢名、渾介諸人的文字。」他說：「在八一三戰爭發生之後，我偶然的向宇宙風社的幾個刊物投起稿來，像《宇宙風・逸經・西風非常時期聯合旬刊》、《宇宙風》、《宇宙風乙刊》，都有過一兩篇我的塗鴉之作。」柳存仁在大學期間，一直想當大學教授，畢業後，果然在上海光華大學史學系、太炎文學院教書。上海「孤島」時期柳存仁主要在《文藝新潮》、《宇宙風乙刊》與《大美晚報》副刊等報刊雜誌上發表〈教書術〉、〈介紹《老殘遊記》的新文獻〉、〈《封神演義》的作者陸西星〉、〈北大與北大人〉、〈漢花園的冷靜〉、〈自由之神〉、〈理想中的北京大學〉等文章，一九四〇年八月由上海宇宙風社結集出版散文集《西星集》。

一九四〇年夏，柳存仁在上海與姜小姐結婚，兩人愛情彌篤，同年八月二十八日赴香港，任前香港政府文化檢察官。在港期間，柳存仁說：「居恆寫文章，刊於《宇宙風》甲乙刊、香港《大公報》、《星島日報》、《天下事》、《大風》等，曾與鄒韜奮、茅盾、范長江筆戰，後自悔，即止。」期間，柳存仁得識許地山於香港。他說：「那時我對道教的研究還沒有粗淺的知識，雖然曾聽陳寅恪先生說及道教對中國文化的影響。」柳存仁認識許地山的時間很短，因為許地山在一九四一年八月四日就去世了。一九四二年三月十七日，柳存仁赴廣州小住，同年五月回上海從事寫作和文化活動，並以柳雨生之名活躍於當時的文化界。蘇青在《續結婚十年》書中就說潘子美（柳雨生）「他很年輕，聰明而有能力，從香港逃到上海來，給老父留住了，只得在此地做事，起先心裡本也不願意，但後來見上司都倚重他，他便不肯得過且過，以為有辦法的人隨時隨地總會有辦法的，故而大膽活躍起來。」

我們知道從一九四二年到一九四四年間，日本軍國主義的文化機構「日本文學報國會」策劃召開了三次所謂「大東亞文學者大會」，其用意是想對中國淪陷區文學實施干預和滲透，企圖將中國文學拖入「大東亞戰爭」裡。那是日本軍國主義對中國淪陷區實施思想控制和文化殖民化的主要措施。

據學者張泉《淪陷時期北京文學八年》一書指出，第一次大東亞文學者大會召開的時間是一九四二年十一月三日至十日，在日本東京舉行。參加的代表來自蒙古（三名）、滿洲（七名）、中國淪陷區和日本（包括台灣、朝鮮等日本占領區）。日本方面原本期望周作人、俞平伯、張資平、陶晶孫、葉靈鳳、高明等名人能夠參加，但實際與會的都是一些不太知名的人物：如華東的丁丁（丁雨林）、周毓英、龔持平、柳雨生（柳存仁）、周化人、潘序祖（予且）、許錫慶，以及日本顧問草野心平，華北的錢稻孫、沈啟无、尤炳圻、張我軍和日本華北駐屯軍宣傳顧問片岡鐵兵，滿洲國的古丁、爵青、小松、吳瑛，台灣的龔瑛宗、張文環等。而第二次大東亞文學者大會則是在一九四三年八月二十五日到二十七日，也是在日本東京舉行。中國淪陷區、滿洲、蒙古的代表共二十六人，除參加過第一次大會的古丁、柳雨生、沈啟无、張我軍外，還有田兵、吳郎、周越然、邱韻鐸、陶亢德、魯風、關露、陳寥士、陳學稼、章克標、謝希平、陳綿、徐白林、柳龍光、王承琰、包崇新、方紀生、蔣崇義及台灣代表楊雲萍、周金波等人，而日本的代表則有百餘名。

第三次大東亞文學者大會在一九四四年十一月十二日於南京召開。據學者王向遠《日本侵華史研究》的資料指出，日本派出的代表有：長與善郎、土屋久泰、高田真治、豐島與志雄、北條秀司、火野葦平、芳賀檀、戶川貞雄、阿部知二、高見順、奧野信太郎、百田宗治、土屋文明等十四名。中方參加人數則高達四十六名，其中「滿洲國」代表有古丁、爵青、田魯、疑遲、石軍、小松，還有加入了「滿洲國」的日本人山田清三郎、竹內政一，共八名；華北代表有錢稻孫、柳龍光、趙蔭棠、楊丙辰、山丁、王介人、辛嘉、梅娘、雷妍、蕭艾、林榕、侯少君等，共二十一名，周作人因「高血壓」而不能出席。華中代表有陶晶孫、柳雨生、張若谷等二十五名，其中有不少並非「文學者」，而是汪偽政權中的官僚政客。列席會議的還有當時在南京的日本美術史家土方定一、詩人池田克己、作家武田泰純和佐藤俊子，以及在中國開設書店的內山完造等人。

三次的大東亞文學者大會，柳雨生是為數不多的三次都參加者之一。根據一九四二年十二月一日《日本學藝新聞》發表的簡歷，柳雨生當時是擔任汪偽政府宣傳部編審和新國民運動促進委員會秘書。學者陳青生說，據當時傳媒報導，柳雨生與會期間多次發言，不僅就如何「樹立東亞精神」發表過諸如「吾等應由文學作品上使大家相親相愛」等具體「意見」，還提出「為設立東亞新文化體系，提倡東亞文化精神思想」而應當設立「東亞文藝獎金」、「每年頒發」的「提案」。在日本法西斯文人建議將「大東亞文學者大會」的決議對重慶廣播，「以促渝方文學家之反省」之後，柳雨生又建議，還要「以各地語言對華僑廣播，以示慰勉」。這些都是柳雨生對「大東亞文學」積極追隨的初步表示。首次赴日出席「大東亞文學者大會」之後，柳雨生又在日本周遊了一段時間，回國後，他便發表了〈異國心影錄〉等訪日隨筆。在第二次赴日出席「大東亞文學者大會」歸國後，柳雨生又接連發表〈告日本文學界〉、〈大東亞戰爭與中國文學的動向〉等文字。

柳雨生在〈異國心影錄〉中說：「我想，做人的道理，最高尚的是應該超乎以德報德的恩仇的觀念之外的，一個人是如此，一個民族國家其實也是如此。……懂得真正的大勇猛大精進的精神的人，一定能夠責己深切，對人寬恕的人。這種理想的人生，大約是人類所歷久追尋而決不致於被認為落伍的一種真理。」文中特別提到時任「文學報國會」會長的菊池寬的一篇小說舊作〈超乎恩仇之外〉，並大加讚賞。從一九三七年開始，菊池寬作為文人代表三次來到中國。一次是帶領二十二名作家到前線從軍；二次是到南京、徐州一帶視察戰況，採寫《西住戰車長傳》；三次是參加汪偽政權的成立大典。此外，菊池寬還多次以領導身分積極參加軍部策劃的「大後方文藝運動」、「日本文學報國會」、「大東亞文學者大會」、「大日本言論報國會」等為侵略戰爭歌功頌德搖旗吶喊的活動。柳雨生推崇這篇小說，另有用意。他說：「這篇故事的情節，是可以讓一個陌生的中國人去瞭解日本國民的生活和他們的人生哲學的。這篇故事的題旨，雖然是講的人與人之間的恩仇關係，可是我覺得國與國之間的關係，不論是理智的看法還是感情的衝動，也未嘗不可從這篇小說裏，悟出一番大徹大悟的道理」。柳雨生的言外之意是：當時日本的「進入」中國，談是為了幫助中國擺脫英美的奴役，為了中國振興強盛，因而，中國人民尤其是中國作家，在理智和感情上都應為感謝日本，放棄抗日，效法故事中的主人翁的「超乎恩仇之外」，與日本攜手實現「大東亞共榮圈」「美好理想」。在〈海客談瀛錄〉文中，柳雨生也公然鼓吹「大東亞共榮共存」思想。他說：「東亞之地域至廣，百年以來，被侵略被歧視而有待於解放之民族，亦極眾多。在此東亞地域內，必先安定民生，使各民族各國家之庶眾，均能得適宜圓滿之生活，有無相通，截長補短，而致力於經濟之提攜，文化之溝通，則一切主張，一切理論，始有確切之寄託，不致成為空洞，形同畫餅。」至於〈告日本文學界〉和〈大東亞戰爭與中國文學的動向〉等文章，對「大東亞戰爭」、「大東亞共榮圈」之類，更是直截了當，不厭其煩的進行讚揚和鼓吹。在淪陷時期聒噪一時的漢奸文學醜劇中，柳雨生的〈異國心影錄〉、〈海客談瀛錄〉及〈告日本文學界〉等，可以說是當時為數不多的漢奸文學作品的典型代表。

柳雨生更廣為人知的是創辦了《風雨談》。《風雨談》月刊於一九四三年四月在上海創刊，一九四五年八月終刊，共二十一期。前十六期為三十二開本，每期一百一十頁至兩百頁不等。十七期以後改為十六開本，由於日本戰況惡化，物價高漲，紙張奇缺，因此每期僅三十二頁。

學者陳青生在《抗戰時期的上海文學》一書中稱《風雨談》是「當時上海乃至整個淪陷區最引人注目的大型文學期刊之一」；學者封世輝在二〇〇〇年版的《中國淪陷區文學大系・史料卷》中稱其為「華中淪陷區最重要的文學刊物之一」。確實《風雨談》雖立足於上海，但輻射華北和華中淪陷區，吸引極多的南北名家，包括包天笑、秦瘦鷗、蘇青、予且、譚惟翰、文載道、周越然、錢公俠、譚正璧、陶亢德、路易士等上海文壇的知名人士，又有北方的文壇名家，如周作人、沈啟无、林榕、南星、莊損衣、朱肇洛、張我軍、聞青、李道靜、瞿兑之、徐凌霄、徐一士等。南京有紀果庵、龍沐勛等人。從作者的陣容而言，《風雨談》無疑是空前巨大的，據柳雨生說，共約一百十人，且「每人只書一名，若計筆名則不止此數，翻譯及轉載者俱未計在內」。

《風雨談》在〈創刊之辭〉中說：「譬如風雨之夕，好友三五，大家一塊兒，共話桑麻，聚談往日，究竟還可以算得是一件有意義有趣味的事。……我們願意多見瀟灑輕鬆的文字，少見沉重大文。」在第七期〈編後小記〉寫道：「可見純文藝的要求，在目前已不僅是作家編者單方面的要求，而是廣大而普遍的讀者們的主張了。」在第九期〈編後小記〉又說：「本刊的理想是一個純文藝的刊物，並非是一個綜合雜誌。」確實《風雨談》始終都是追求純文藝傾向的，柳雨生喜愛的作品是「在典麗之中見真實，於平淡之懷寄熱情」。《風雨談》的主要欄目有專著、評論、小說、散文、詩歌、戲劇等。主要作品有周作人、柳雨生等的散文，陶亢德、包天笑等的自傳或日記，予且、丁諦、柳雨生等的短篇小說，路易士、南星等的新詩，譚正璧、羅明等的劇本，譚惟翰、蘇青的長篇小說，以及應寸照的詩論等。學者唐倩特別指出柳雨生對於翻譯和介紹日本文學是積極的，《風雨談》的創刊號就刊載了谷崎潤一郎的〈昨日今朝〉和橫光利一的〈秋〉，並在〈編後小記〉中說：「谷崎潤一郎和橫光利一先生，在中國已是盡人皆知，簽名都是特為本刊作的，彌足珍貴。」第八期的「文壇消息」中，又說道：「日本著名批評家山本健吉近專為本刊撰寫文學批評兩篇」。隨後的第九期就刊登了山本健吉的

〈論《超克於近代》〉。《風雨談》的「文壇消息」經常報導日本文學的動向和一些作家的行蹤，柳雨生在譯介日本文學方面是比較賣力的。

上海淪陷後，柳雨生在上海的《雜誌》、《風雨談》、《古今》、《天地》、《太平洋周報》與北京的《藝文雜誌》等刊物上發表有〈入懷記〉、〈排雲殿〉、〈老鼓抄〉等小說和〈漢園夢〉、〈再遊漢園〉、〈海客談瀛錄〉等散文，後來結集出版有散文集《懷鄉記》（上海太平書局一九四四年五月出版）和小說集《撻妻記》（上海雜誌社一九四四年十一月出版）。柳雨生的散文，又被稱為「學者的言志的散文」，且以「詞句沖淡而熱情，文體整齊而不草率」見長。譚正璧當時曾說過，柳雨生的散文很受周作人的影響，但「也有不相似的地方」，周柳兩人的散文，「筆調同樣富於情致，但是周文沖淡而柳文溫厚，周文蘊藏而柳文顯露」。譚正璧認為，柳雨生當時的文學創作，是「散文比小說好」；而在兩部散文集中，「《西星集》比《懷鄉集》好」。他說：「這自然是為了他那〈《封神演義》的作者〉一文，對於我這個愛好研究通俗文學的人，感著別人所感不到的親切有味的緣故。」但《西星集》的作品均作於柳雨生參與漢奸文學活動之前。譚正璧的評論，固然有藝術技巧的優劣比較，恐怕也包含對於柳雨生在落水前後創作具有不同思想內涵的褒貶。

另外一九四四年柳雨生以敵偽資金接收「太平書局」，他說：「為出版界盡了一點微力，為讀者們擺上一個精神糧攤。太平書局這個名稱，在兩年前就已有了，原址在香港路，曾發刊過書籍畫報等讀物，後來主持的人，無意繼續經營，把它停辦了。」接收後一改以前疲軟的面目，與上海雜誌社成為淪陷區出版量及水準較高的出版單位。著名的有秦瘦鷗的《二舅》、潘序祖的《予且短篇小說集》和丁諦的《人生背喜劇》及譚正璧主編的《當代女作家小說選》，散文有蘇青《浣錦集》、紀果庵《兩都集》、文載道《風土小記》、周作人《苦口甘口》、《立春以前》等，還有楊之華的論著《文藝論叢》、路易士的新詩集《出發》等等。

凡此等等，使柳雨生成為淪陷時期上海漢奸文學活動的「台柱」之一。正是由於當時的這些具體表現，他戰後受到中國政府的法律追究，是被以「漢奸文人」罪名緝捕治罪的為數不多的作家之一。根據一九四六年六月一日的上海《申報》報導說：「昨日下午高院又宣判一文化漢奸柳雨生，通牒敵國、圖謀反抗本國，處有期徒刑三年，剝奪公權三年，全部財產除留家屬之必須生活費外沒收。」

抗戰結束後，一些附逆文人都被判刑，開始時極嚴厲，大都在五至十年之間，周作人初判十四年，紀果庵判了五年，但後來發現這麼嚴厲的判決引起淪陷區民眾的不滿，因此，二審時都判得相當輕，只要有學生、關係人等聯名證明沒有危害國家的行為，就改成相當輕的判決，如紀果庵，在獄中待了半年，就釋放了。與柳雨生情況類似的陶亢德，再經上訴後，改判一年三個月，緩刑兩年。於一九四七年九月十六日釋放。因此柳雨生不會晚過於此時間，甚至有可能半年一年時間就釋放了。

被釋放後的柳雨生來到香港，先後任教於香港皇仁書院和羅富國師範學院，從此轉入學術研究，並以柳存仁之名聞於世。董橋說柳存仁在香港任教時，寫古裝話劇《紅拂》、《涅槃》，和姚克合寫《西施》、《秦始皇帝》，和黎覺奔合寫《趙氏孤兒》。一九五二年柳存仁還在香港大公書局出版《人物譚》一書，他在〈序〉中說：「曩歲有一個時期，承一家日報之邀按週替它寫一篇短文，其中有讀史隨想，也偶然談到現代的人物；雖然是以人為主，卻還不十分拘束，有時候也談談制度、風俗，旁及零星的考證都說不定。所以，這裡所收集的幾十篇東西，由已經逝世的賢哲如魯迅先生，如章太炎先生，到並世的學者文士；由宰相、太監、國王到木牛流馬；由藝術家、戲劇家、畫家到世界羽毛球冠軍黃炳順，或是星卜家鎮江袁樹珊；偉大如釋迦、耶穌，渺小如廣州光孝寺的樹，也都在他閒談之列，它的範圍，真地不可說不雜矣。」該書的大部分內容後來加上新寫的「歐遊」文章合為《外國的月亮》於二〇〇二年由上海古籍出版社重新出版。

柳存仁在談到香港那段日子時說，由於香港政府並不承認北大學歷，況且那時的香港都是英國文憑掛帥，於是他常常都被人輕視，甚致遭人白眼。他在皇仁書院任教時，連他的座位也有意無意的被安排靠近厠所。且在學生行畢業時，所有教師都穿上博、碩、學士服，但因他的學歷不被承認，故連學士服都不敢穿，只好穿上一套整齊的西裝觀禮，可是這一來，更成了強大的對比，充滿自尊的柳存仁不免更感難堪。於是他心裡更明白，既然這是一個英國學歷掛帥的環境，所以他決定在香港報考英國倫敦大學，幸好皇天不負苦心人，他考上了。從此他就一邊教書，一邊不斷的努力上進，且怕自己的英文不夠好，於是每天都努力的背英文字典。最後他在一九五七年，寫成了他的博士論文，雖是研究中國小說，可內容主要的還是考證《封神演義》的作者，然因當中涉及到佛教與道教，故最後中文定名為《佛道教影響中國小說考》（《*Buddhist and Taoist Influences on Chinese Novels*》）。也因這論文，柳存仁獲得了英國倫敦大學哲學博士學位。柳存仁說，住在倫敦總是要做點事，所以他就寫了那本《倫敦所見中國小說書錄》（*Chinese Popular Fiction in Two London Libraries*）「其實是一本英文書，那本英文書就把我所見的英國博物院、英國亞洲學會所藏的明清小說，大概都看過了，每一本都做了提要，提要只表示看見什麼而已，並不是我要拿它跟什麼比較。」

一九六二年柳存仁被澳洲國立大學聘為中文系教授，從此他就定居澳洲，更與澳大所藏的一批許地山中文藏書結下不解之緣。許地山是研究「道藏」專家中的專家，陳寅恪在〈論許地山先生宗教史之學〉對許的宗教史研究非常推崇：「寅恪昔年略治佛道兩家之學，然於道教僅取以供史事之補證，於佛教亦只比較原文與諸譯本字句之異同，至其微言大義之所在，則未能言之也。後讀許地山先生所著佛道兩教史論文，關於教義本體具有精深之評述，心服之餘，彌用自愧，遂捐故技，不敢復談此事矣。」以陳寅恪在學術界之聲望，自是一言九鼎，由此也可見許地山佛、道研究的成果。許地山對道教之研究，據其弟子李鏡池言，是從大學念書起，已有二十五年之工夫了，他曾積二十五年之學歷，想要寫一部《道教史》，可惜只完成《道教前史》共七章，一九三四年六月由商務印書館出版。另外還有遺稿七章，為前史之續。一九四一年六月商務印書館出版他的另一道教論著《扶箕迷信底研究》。可惜天不假年，許地山在一九四一年八月去世了。他死後，他的家人打算返回中國大陸定居，所以將他的藏書暫時托存於香港大學圖書館。沒想到十年後，在一九五一年新建立不久的澳洲國立大學派人在亞洲購書，於是許地山的中文藏書被購往澳洲國立大學圖書館典藏。柳存仁到澳洲國立大學任教後，對此批沉睡在塵封中的書，更是愛惜，他花了兩年時間，把一千一百二十冊的《道藏》看完，寫了五十冊《閱道藏記》的筆記，從此他潛心研究——道藏，最終成了近代研究「道藏」專家。

柳存仁於一九六六年澳大亞洲學院的中文系主任和講座教授，曾兩次被選擔任亞洲學院的院長，直到一九八三年退休，又被選做全大學的研究員（University Fellow）。在二十年間的工作歷程中，他曾被邀到美國哥倫比亞大學、夏威夷大學、哈佛燕京社、巴黎大學、香港中文大學、日本早稻田大學、馬來亞大學和新加坡大學做訪問教授和訪問研究員。他在談到去美國的時候，說：「有一個朋友叫房兆楹，本來是我大學圖書館的副館長，也教目錄學的課程，是清史專家。他到美國要編明人傳記字典，他跟哥倫比亞的同事來信說請我去教書，同時要開一個明朝思想史的課，他們就請了日本的岡田武彥及香港的唐君毅等，就這麼四五個人，日本方面後來還請了一個酒井忠夫。……到了美國就在紐約住下來，所以我認識陳榮捷、夏志清、劉子健等人。當時我在班上講一些明代道教和思想史的題目，從校外來聽講的有杜維明、陳學霖等，都比我年輕，還有來問問題的。……我有時也到別處演講，就多一點錢，多認識一點朋友，附近的幾個大學都去講過。我自己用《道藏》的材料講書，就在這個時候。」「十幾年前我去過哈佛，請我去的就是楊聯陞，我們兩個人本來打算合寫一本書，後來因為楊聯陞先生生病要住院，我就一個人寫了那一本書，即唐玄宗、宋徽宗、明太祖注的《道德經》的研究。」

柳存仁曾獲韓國嶺南大學、香港大學、澳大利亞墨篤克大學及澳大利亞國立大學頒贈名譽文學博士學位。他還是英國及北愛爾蘭皇家亞洲學會會員，也是澳洲人文科學院首屆院士。一九九二年獲澳大利亞政府頒發的ＡＯ勳銜和勳章。也曾受邀訪問台灣中央研究院文哲研究所，並作講演多次，一九八四年又曾應北京中國社會科學院宗教研究所的邀請在該所講道教史及訪問，一九九八年五月他在北京大學湯用彤講座講演〈漢末的張天師是不是一個歷史人物？〉。

柳存仁有深厚的國學根基，讀大學時曾受教於錢穆、羅常培、孫楷第等著名學者；又精通多國語言，受到西方學術研究方法的影響，在學術研究方面取得了許多突破性的成果，著述甚富。一百二十餘萬字的《和風堂文集》三冊（上海古籍出版社，一九九一年）及其續編《和風堂新文集》二冊（台北新文豐出版社，一九九七年）及《道家與道術》（上海古籍出版社，一九九九年）等，集中反映了他主要的學術成就。錢鍾書稱柳存仁為：「高文博學，巍然為海外宗師。」余英時說：「柳先生在中國學術的博雅傳統方面具有深厚的修養；他同時也承受了清代以來經、史研究所發展出來的一切專技訓練，如訓詁、校勘、目錄、版本之類無一不擅其能事，但其治學方式則徹頭徹尾是現代的。這一點特別表現在他的專業精神上。他選定了小說史和道教史為專業之後，便全力開拓這兩個知識領域的疆土。」例如他對《西遊記》的研究，雖然他曾撰有《吳承恩傳》，但後來他面對《西遊記》書中的結構和文本的「全真味」，面對宋元明全真教史中的大量資料，多層次全方為地證明了《西遊記》從構思、演衍到撰稿，均與全真教有關連。作為對道教各派文獻都很熟悉的柳存仁知道元明以來的全真教特別講究「內丹」

修練，全真教創始人王重陽及「七真」都有一批「丹詞」。於是柳存仁從《西遊記》書中的詩詞，找到它源自全真教的「丹詞」，這是非常強而有力的「內證」。柳存仁從而提出《西遊記》有一個全真教古本，確是近年《西遊記》研究中的一大創獲，它實際是對「吳承恩作」說的致命一擊。同時對當年柳存仁的業師胡適在《西遊記考證》所說的：「《西遊記》不是元朝的長春真人丘處機作的」，兩者「完全無關」，也是一大挑戰。但正如余英時說的：「他以專門學問為主體，『因人所已知，告其所未知』，故每一篇論文都有『新發現或新解釋』。他『在前人的業績上去蕪存精』，故往往能改正前人的錯誤，包括他以前業師的錯誤。因此中國小說史和宗教史這兩門學問都在他的手上獲得了長足的進展。」

作為華人漢學界「宗師」級的人物，柳存仁的治學之道，除了記憶力驚人之外，僅僅是「認真」兩字而已。余英時也歎美其治學精神說：「他的著作，無論是偏重分析還是綜合，都嚴密到了極點，也慎重到了極點。我在他的文字中從來沒有看見過一句武斷的話。胡適曾引宋人官箴『勤、謹、和、緩』四字來說明現代人做學問的態度，柳先生可以說是每一個字都做到了。」柳存仁雖已九十二高齡，但無時無刻不在做研究，據晚年與他有通信的林耀椿兄告知：「老先生一生為學術努力，歸道山前還在為他寫的《丘處機傳》拚命撰寫。」實在令人感佩！

目次

#《風雨談》雜誌精選

記吳瞿安

龍沐

歲寒懷舊錄之一

廿年人海狎風波，一事無成可奈何！

師友半凋吾亦老，思量只覺負恩多！

——壬午除夕口占

雨生不斷的寫信來，要我替他主編的《風雨談》寫點稿子，彷彿索逋似的。我因為家人患病，纏綿兩三個月。暫兼了「內閣總理」的職務——自注：內者內人之內，閣者閨閣之閣，既非責任內閣之閣，也說不上周佛海先生在少年時候所常愛人的文昌閣——天天除了教書校稿之外，還要忙著挪債、延醫、照料我的嬌兒，恨不得多生一副腦子，或者能託觀世音菩薩的福，也長著千手千眼，來為文化界服務！直到年三十夜，只做了上面四句歪詩。幸運的平安度過了這年關，想起一切的文債來，要想拖賴，總有些過意不去，何況我素來是主張「言必信，行必果」的一個不合時宜的笨貨呢？

想起我、原來不過是一個小學畢業出身的酸人物，赤手空拳，跑進教育文化界，混了二十餘年之久。不知怎的，所有文壇老宿，和各方面的賢明領袖，一見了我，或者是通過一兩回信，就特別「垂青」起來，獎借提掖，教我努力上進，欲罷不能。我是抱定一生一世，要做學生的，只要人家有些特長，不管他是新舊人物，我總是虛心去求教，而且服膺不釋的。單就我的本行——勉強說是中國純文藝吧——來講，詩壇老輩如陳散原、鄭蘇戡、陳石遺諸先生，詞壇老輩如朱彊邨先生，國學大師如章太炎先生，新文學家如魯迅先生等，我都曾領教過，除了魯迅先生比較生疏一點，其餘都對我獎誘不遺餘力，尤其是彊邨先生，更是使我沒齒難忘的。可是現在這些人物，都作古人了，還有許多誼在師友之間的人物，自這次事變以來，或流離顛沛，作客以死，或避居僻壤，音信不通。我所敬服的歐陽竟無、趙堯生、陳蒼虬、張孟劬、夏吷盦、墨巢諸先生，雖皆健在，而散處四方，無由常親謦欬，尤以歐、趙兩先生遠在蜀中，音問阻斷，倏忽數年之久，怎不教人發生「恍同隔世」之歎？我現在已是中年了，德業都無成就，每當夜靜更深的時候，想起諸師友對我期望的殷切來，不覺淚沾衾枕，那還有話可說呢？雨生指定要我記吳瞿安先生，卻嚕嚕囌囌，寫了這麼一大段離題頗遠的話，也就因為說起吳先生，不知不覺的，連類引出許多的感慨來。現在且先談談我與吳先生的關係，和他留在我腦海中的印象吧。

我和瞿安先生的關係，也是在師友之間的。我的仰慕吳先生，遠在二十五六年前，和他通信見面，卻在民國十七年我到上海暨南大學教書以後。當我十四五歲時候，就喜歡弄弄詩詞。那時我有兩個堂兄，先後在北京大學國文系肄業。一個名叫沐光——去世也過二十年了！——他是最崇拜黃季剛先生的。我對研究聲韻文字之學，和魏晉駢體文，得窺門徑，後來又在季剛先生門下學過些東西，以至和太炎先生發生關係，是從這個因緣來的。一個名叫沐仁，他是最崇拜吳先生的。他每年暑假，回到家鄉來，總喜歡把吳先生對南北曲的造詣，講給我們聽，並且拿出《遏雲閣曲譜》，泡了龍井茶，兄弟們團坐在後堂——我家裡的書齋，中植蘭花、夾竹桃、秋海棠之類，堂後傍山，蒼松翠竹，相映成趣，也可算得一個適宜避暑的去處呢！木榻邊，一個吹起笛子來，——這個名叫沐幹，兄弟們叫他老五。——老三——沐仁——跟著就唱〈絮閣〉，或者〈思凡〉之類，說這是吳先生教給他們唱的。我雖然不懂，卻也頗感興趣。後來我和吳先生相熟了，吳先生總是勸我學唱崑曲。他說詞曲原來是相連的。研究詞學的人，是好學會了幾支曲子，自然別有受用。他自離開北大後，歷任東南大學、光華大學、中央大學詞曲教授，常常叫學生們在課餘之暇，到他家裡去學唱，那作風和以前在北大時，是始終一貫的。

我和吳先生相識，現在記不清是那年了。吳先生歷年和我通訊的遺札，都保存在上海，一時沒功夫特地取來，加以一番整理，只好留到後來再說。我從小就聽到吳先生是愛唱青衣的，又是道地的蘇州人，心目中猜想，他的面模一定是很漂亮的。可是後來見了他那四方的臉孔，養著兩綹八字鬍，一雙耳朵矗起來，立刻就感覺到這怎麼好扮青衣花旦呢？我對唱曲是十足的門外漢，所以他的嗓音，是否適宜於唱青衣花旦，我可不敢妄下雌黃。吳先生是研究詞曲的專門學者，是近代中國戲曲界的唯一導師，他的特長，是能兼填詞、製譜、按拍三者的絕藝，深通其理而傳諸其人。至於興之所到，偶然登場義演，不管扮相怎樣，規矩總是好的。這一方面，自有專家去仰贊，也用不著我來饒舌了！

我和吳先生相識以後，漸漸的熟了起來，是在淞滬事變的那一年。那時京滬一帶，風聲鶴唳，吳先生也就暫避到上海租界內來，在某大銀行家做了西席。除教兩三個學生讀書做對子外，又替居停主人鑒定所藏書畫，做些題跋。那位主人待他很好，特地為他請了一回客，把寄寓上海的名流，邀了不少來參加這個盛會。我和吳湖帆先生，也得叨陪末座。自這以後，我教書得空的當兒，就常常跑到他那裡去談天。他天天做日記，寫得特別認真，有時候拿給我看，我從這裡面也得著許多的啟發。這時恰值彊邨先生在前幾個月去世，我和幾位知好，正在籌刻《彊邨遺書》。吳先生和彊邨先生，也是「平生風義兼師友」的，所以對這件事，特別關懷。因為這種因緣，吳先生對我也就特別要好。他那種謙和的態度，和瀟灑的神情，我是永遠不會忘記的。

後來淞滬協定成立，時局也就恢復常態，那時的中央大學，又把吳先生挽了回京。那位銀行家願照中大的待遇，按送束脩，把他老人家留住。他老人家是愛喝幾杯酒的，他感著天天由小學生們陪著喫喝，有些不自在，也就婉辭謝卻，回到中大去了。

我往年常是趁著春假之暇，到南京去走一趟，看看許多朋友。吳先生和他的夫人兒女，都寄住在中大附近大石橋的一家民房裡。那屋子是一坐三進的平房，吳先生是住在最後一進的，陳設也頗簡單，原來教授生涯，總是相當清苦，這也不足為怪的。我因為每次到南京，時間都很匆促，所以拜訪他的機會，往往是在夜間。那房子的前排，是不曾裝設電燈的，往往暗中摸索，總留我談到半夜，才親自把我送出大門來，這也可見他對後進期望之深，和待人之厚了。

有一次，給我印象最深的，是一天的下午，他知道我到了南京，特地叫他的學生唐圭璋君，約了我往遊後湖。他老人家帶著一位兒子，和唐君連我四個人，坐上小艇，叫唐君吹起笛子，他父子兩個，唱起他新近刻成而頗自命得意的《霜厓三劇》來，嫋嫋餘音，繞雲縈水，真叫人有「望之若神仙」之感。一直遊到夕陽西下，才收艇歸來。我最近兩三年，每次遊湖，總曾想起這次遊湖的風趣，不禁唱出「此曲祈應天上有，人間能得幾回聞」，這兩句唐詩來，表示低徊悵惘之意。而今吳先生下世，整整四年了！唐君聞在重慶中央大學，擔任詞曲講席。風流雲散，怎得不叫人對景傷懷啊！

吳先生的老家，是在蘇州的雙林巷，也是一座江南人的舊式建築，我曾去過一次。這時恰是假期，吳先生夫婦都在家裡。聽到剝啄敲門之聲，他的夫人出來開了門，延往書齋，和吳先生坐談了好久。在那明窗淨几之下，看了幾種外間少見的明人曲譜，可是因為時間的匆迫，走馬看花似的，現在都記不清楚是何名目呢！吳先生藏曲之富，甲於中國，大部都保存在這屋子裡，聽說事變以來，尚無散失，這到是一件可喜的事情啊！

吳先生自「八一三」事變以後，有一個短期間，避難蘇州鄉下，不曾通過消息。後來帶了家眷，和他著作的詩文詞及日記等手稿，轉到湘潭，喘息甫定，便一心一意的，刪定所有的詩詞，準備著「把虛名料理傳身後」的工作。他大概是從盧冀野、酈衡叔——二位都是吳先生的得意門生——諸君處，間接得到我仍滯留在上海的消息，就不斷的寫了些快信或掛號信來，報告他的行蹤和近況。並且把他刪定的《霜厓詞錄》稿本，保險寄給我，以校刻印行相託。他知道我兒女多，家累重，那時景況不好，又想到他的門生潘景鄭君，力能任刊書之費，兼有夙諾，屢次催我代詢。後來景鄭抄了一份副本，又叫我做了一篇短跋，說是就要寄往北京雕版。現在已隔多年，不知這件事究竟辦得怎樣？好在稿本仍存敝篋，這重心願，我總希望能早清償，以期不負先生託付的苦心啊！

吳先生在沒有離開中大以前，就有些喉啞的毛病。自從流離西上，再由湘潭轉到桂林，經不了風波跋涉的勞苦，病勢增劇。他來信有「嗓音全失，骨瘦如柴」的句子，早已自知不久於人世，但是他的精神始終是很好的。自離桂林轉往雲南大姚縣，一路都有信來。直到去世的前幾天，還有信給我，筆札精整，和以前一樣的認真，那裡知道電傳的噩耗，反而較遺書先到呢？

吳先生在逃難期間的信札，叫我最感動的，有下面這幾件事。一件是他那對文字上一種矜慎不苟的精神。他寄給我的《霜厓詞錄》定本，把生平所作的詞，刪了又刪，只留下一兩百首，照平常人看起來，已經算得謹嚴極了。可是他對彊邨先生挽詞一首，直到快要去世的時候，還來信改定好些字句，並且再三託我務把定本改正。一件是他聽到我在上海迫於生計，兼課頗多，總是來信表同情，勸我節勞保重。他說他的生命，就斷送在教書上面，改文傷腦，講書唱曲傷氣，以致元神耗盡，不可救藥。我想這些話雖然有激而發，可是生在這師道淪亡的末世，做教書匠的，不管學問怎樣高明，總是得不到社會的優禮，這是我輩同行的人，所應同聲一哭的！還有一件，是他對自己的作品一種依戀的神情，生怕不能傳給後人似的。他認定了彊邨先生去世之後，只有映盦先生，是當世詞壇的大作家，特地寫了一封極工整的駢文信，託我求他做一篇〈霜厓詞錄序〉，並且不斷的來函催促，彷彿得著這篇序文，就是死了也可瞑目似的。這時夏先生因為忙著他事，直到吳先生死後，才把序文做好。我想吳先生九泉之下，也可以無憾了吧！

吳先生死在大姚李旃屯的李氏宗祠，有他的門生李一平君，替他料理身後。他的著作，聽說全部交給盧冀野君，已經在那裡次第刊行。冀野做了一篇很詳細的年譜，載在上海出版的《戲曲》第三輯上面。這戲曲叢刊，並且為吳先生出了一本《吳霜厓先生三周年祭特輯》。吳先生過了幾十年清苦的教書生活，桃李滿天下，而且大多數都是能夠發揚先生遺業的，我想吳先生確定是不朽的了！

癸未元旦後一日，脫稿於金陵

談山水小記

沈啟无

我寫這篇小文是因為偶讀兼好法師《徒然草》引起來的，《徒然草》有一節論「自然之美」，很有意思。文云：

無論何時，望見明月便令人意快。或云，無物比月更美。又一人與之爭曰，露更有味。其事殊有趣，其實隨時隨地無有一物不美妙也。

花月無論矣，即風亦足動人。衝岩激石，清溪之流水，其景色亦至佳美。曾見詩云，沅湘日夜東流去，不為愁人住少時，覺得很有興味。嵇康曾云，游山澤，觀魚鳥，心甚樂之。在遠離人居水草清佳之地，獨自逍遙，可謂最大之悅樂。

我讀這節文字，不勝喜悅。覺得這位日本老法師，頗有我們六朝人的風度，難得如此冲淡雅致。我想我們中國歷來對於山水風景文章寫得好的，也只有在六朝文中才能見到，所謂「莊老告退，山水方滋」，這是有著生活思想做背景的。降而求之唐宋古文，大抵沒有什麼可取。世人一向恭維柳柳州，以為他的山水小記可與酈道元的《水經注》相比，我看這個似乎比他不上。《水經注》是記載水道的，原屬於地理之書，意本不在文章，然所遇山川景物卻寫得一往藻麗，隨時隨地給你一種顏色之感，而處處正亦見出作者的性情。〈柳州小記〉有些地方是在模仿《水經注》，不過寫法態度與酈不同，他把遊記當做古文一體來寫，因此也就受到體裁的限制，總是在章法腔調上用功作態，令人感覺單調，空氣凝滯，反而失去那種自然流露的趣味，這可以說是八家共通的習氣，不止於這一類文章是如此也。我看柳州的永州山水諸記只有〈小石潭〉〈袁家渴〉一兩篇潔勁可觀，其餘便免除不了這種毛病，在遊記文章裡面還不能算是上乘作品。

唐人之中我倒喜歡王摩詰的文章，正如杜工部佩服的「最傳秀句寰區滿」，那些輞川諸詩寫得殊富於鄉土色彩，不可多得。〈與裴迪秀才書〉直是一篇小景，他冷靜的描一幅輞川寒夜月色給我們看了。這種冷靜的態度最可貴，我們在古文家中間便不容易找到。宋人我取陸放翁的〈入蜀記〉，范石湖的〈吳船錄〉，此二書是逐日記行程的，亦多遊覽之作，文章簡淨，與人以清明之感。蘇東坡題跋小記足以引人入勝，但他那些收入選本裡的雜記古文，大都不很高明，無所逃於窠臼之間。中國這一類文章一直到了明朝人的手裡才發展至於極致，一部《徐霞客遊記》才真正是記遊專書，可與酈道元相比，不過《水經注》總是古豔罷了。我看明季作家在散文上最大的成績即是遊記。他們率性任真的態度，頗有點近乎六朝，他們敢大膽剗去復古派的頭巾，可以說是一種自覺的運動，不是偶然的了。雖然有些地方矯枉過正，雖免神經過敏，紀曉嵐在《四庫全書提要》裡那樣一概付以抹殺的論調，如今也正可以翻過來看為是。他們對於文章的寫法是自由不拘格套，於是方言土語通俗故事都能夠利用到文章裡面來，因此在他們筆下的遊記乃有各樣的姿態。我讀袁中郎的《解脫集》，劉同人的《帝京景物略》，王季重的《歷遊記》，張宗子的《陶庵夢憶》、《瑯嬛文集》等，都感覺他們各有各的內容，各人的個性也最分明。明朝人的詩在這一方面沒有什麼成績可言，遠不及六朝，此事別有原因，茲不申說。如單就這散文寫的遊記而論，可及上繼六朝，彼此各占一個時代。

清朝人寫這一類的文章，在乾隆以前的，多少還是明季的空氣，像王漁洋的遊記，譚復堂就非常佩服，雖不似明朝人那樣地放恣，卻亦疏潔可喜。我覺得康熙這一個時代不可忽略，有些文章正是後來的橋梁，不過桐城派不肯承認這個來源，卻遠遠去奉八家做招牌，所以依舊墮入老套而不能自拔。姚姬傳自謂得枯淡之趣，平心說起來，桐城比較八家要平實得多，因為沒有那種討厭的習氣。但是這裡又必須有學問思想器識做底子才有意義，否則空有義法，樣樣現成，看似沒有毛病，實際毫無生命，還不是一條死胡同，終於走他不通而已。

我平常懷著一個意思，覺得我們現在寫散文，對於過去有兩種途徑應該避免再走，第一即是八家系統的古文，第二是道學家的束縛思想。二者之中無論有了那一種，散文前途必有很大的障礙。舊體詩解放為新詩，新詩即是自由詩，同樣，散文也從舊的文體解放為新散文，這個解放正是內容與形式並進，在文學進程上殆是必然的發展。這自由也正是中國傳統的自由，新舊有一個生命的聯繫，無需要到任何外國去找根據。我們可以利用六朝的手法來寫新散文，我們也可以利用外國文學上的美麗辭句及其技巧，還有那些中國過去舊詩詞在新詩裡面不能容納的，反而在我們新散文裡面都有他的發展餘地。這真是一件很有意味的事，中國新散文，將無疑的有一樹好花果，這並非是我個人的夢想，有志之士自然會來搖動他的彩筆。

我談山水小記，話到這裡，未免稍遠，卻又說得粗糙，殊歉然也。

俞平伯先生

穆穆

在《中華副刊》拜讀到：〈俞平伯的散文〉，作者迅侯君曾說：「大約都會異口同聲的說道：平伯的散文倒很像知堂老人的。」後面又說：「平伯的散文在風格上是逼似知堂翁，但在文質上卻有分別——」

內容分析的很是，不過我不想分析他的作品，而是要介紹他這個人的性格，這樣，或者也可以證明他的作品之所由來。

記得有很多的人都知道俞先生是周作人先生四大弟子之一，那三位也都是鼎鼎大名的冰心，廢名，沈啟无等，可是俞先生是家學淵源，為名儒之後，幫助了他的成就也不少。

俞先生是故老前輩俞樾的曾孫，有這樣的世家，也就造成他接近文學的趨向。

記得，我在幼小的時候，就好讀關於文學的書籍和雜誌，那時正是五四運動之後，「俞平伯」三字在海內已經被很多人所注意了。

我讀俞先生的作品很多，但是那時談不到領悟和體味的問題，只覺得是好，好到說不出來的輕鬆，其後有一個國文先生對我們這些什麼也不懂的孩子講中國文學史，也提到了俞平伯先生，可是今日我卻忘記了他說了些什麼。不過大約自那時起，我更多知道了一些關於俞先生的私生活，更深了一層對於俞先生的印象。

那時我已感到俞先生的文筆之所以華麗，也正如知堂翁曾在俞先生的〈雜拌兒跋〉中說：「平伯所寫的文章，具有一種獨特的風致，這風致是屬於中國文學的，是那樣的舊而又這樣的新！」知堂所說俞先生的風致，一方面是說造句的，一方面是說他描寫對象上。我們乾脆說一句：俞先生的文章，在造句上是襲用舊詩詞的詞藻，在描寫對象上是封建時代的書生心情，但是用的形式是現代的文學。

我年紀略大了一些，讀了一些翻譯的文學，回首再讀俞先生的作品，覺得在沒有內容中給了我無限冷淡，而且除了在句上找到了一些舊詩詞的氣氛——所謂華麗的衣飾——別無所得，於是我厭惡再讀他的作品了。那時的中國文壇，充滿著血與肉的口號，我是一個沒有修養的青年人，當然很容易被這些血與肉的文學鼓動著。

但是，我現在發覺了我的錯誤，我們不能拿現在的眼光去批評在俞先生那個時代的作品，同時更當知道在俞先生的時代，正是新文學的啟蒙時期，也可以說是新舊交替時代，俞先生的作品也正可代表著那個新舊交替的時代的一個線索，而且在文學史上也有著相當的價值，如纏足到天足總有一個放足的時期一樣。正如拿胡適之先生的《嘗試集》和今日的新詩一比，沒有一首能夠拿得出手的，但是我們不能否認《嘗試集》在文學史上有它重要的位置。

當我對於俞先生的惡感（？），還未完全洗淨時，是我出版一個單行本詩集──《獻與誰》，因某種關係，有人介紹請他寫一篇序文，我被一種好勝的心理，或者說是要假借別人的牌頭，於是就那樣的做了。當我把抄的底稿托人轉交後，我是期待這篇名人的序文的到來的，但到了付梓之期，序文卻沒有來，只書兩行題簽，並且介紹人再三的代俞先生向我表白，說他已擱筆不再寫文，這種例外還是自宣誓後的第一次，我當時並沒有感謝他的盛情，只覺得他這人的脾氣古怪而架子太大了，於是一生氣，把那題簽也沒裝潢在我的書裡。書在無聲響中問世了；直至今日那個書簽仍然壓在我稿子籠裡，每想起一個年輕人不了解別人的心情，常常觸痛了自己的心。

第一次和俞先生見面是我在C大學讀書的時候，那時我是大學三年級，有他授的「清真詞」，等到上課鐘響了，一個很矮的個子，一身胖肉，穿著一件寬大的衫子，夾著一個已經破舊了的皮包，鼻樑上架著兩片白色的眼鏡，最刺眼的是剛剛在四十個年齡的頭，滿載著一堆白髮，如果在別處見到他，我決不會想到這就是久已聞名的俞平伯先生。

俞先生的口齒不甚俐落，還帶著一點南方的鄉音，在第一次聽他說話，確乎得洗耳恭聽，記得他那天講的是『靈境』的問題，他對於一個作者的靈魂和心境研究得很透澈，並且說：如果瞭解一首詩或者詞，必須先明白作者在那時的「靈境」，才能把作品的內容瞭解於萬一。

從那聽講以後，慢慢我的心理就有些變化，由輕視慢慢變做了恭敬，但是，雖然我們有師生的關係，為了上述的印象和事情，我們私人總好像有一道鴻溝，我也時常想過，或者他早已把這個問題忘掉了，但我總沒有這樣的勇氣，作一次冒昧的拜訪。

時間很快地過去，第二年我的選課又有他的「論語」，這時我已經知道他的家學，並且，他近年不作新文藝的詩文了，專致力舊學，而且確如知堂所言，頗有獨到之處，關於經籍研究的精湛，非一般文學創作家所媲美的，他是有著他的國學的修養，才有那樣半新不舊的作品問世，這一點是我們不能忽略的。

敢說在二年師生中，沒談過一次私話，不過他知道有我這麼一個學生，我也有這麼一個先生，除此之外，沒有絲毫的關係。

那時，有一位前朝翰林郭則澐先生的大小姐，偶然在一個談話中，她請我代請一個教師，是教她的姪子，並且說出了很多的條件，如不能破除迷信問題，不能委曲孩子，不能……等，又說，那個孩子在半年中換了二十個教師，不是教師忍受不了而告辭，便是教師的能力不夠而被辭，當時我對於這些條件和這個孩子引起了興趣，因為我那時於兒童教育很有趣味，同時恃著我曾辦過小學教育，對於這樣畸形的兒童，我倒要做一次試驗。於是我毛遂自荐，到了他的家，還不壞，這孩子也不比說的那樣兇，（或者有他的姑母的原因。）很快的在孩子的心裡建立起我的信仰，因為我的教育目的還未達到，也不便辭掉我的職務。

沒想到在這個忍耐中，會能遇到這個曾在文壇教過一度光彩的宿將——俞平伯先生。

由孩子的口中知道俞先生是郭則澐先生的親戚，我早已聽郭則澐夫人是一個極有道德的太太，這樣更證明了俞平伯先生的思想，和他的家世有著連帶的關係。

由於我在郭宅做西賓，可以常和俞先生見面，但是俞先的心是那麼靜，像他的散文一樣的幽美，不多說一句費話，好像腦海總在想著什麼。

由於這層關係，我對於俞先生慢慢生起更多的好感起來，對於他的作品，所謂「靈境」問題，更深刻地認識，那麼我覺得周作人先生的作品，雖然比俞先生的名氣大而且又是他的師輩，我竟有那種青出於藍而不亞於藍的感覺。

俞平伯先生已經擱筆不再從事創作了，他有時整理一點考據的東西，有時研究一點國學，因為他知道，他對於新學再求進步，也不像後人的意識形態了，他只在過去的文學史上保留著一個相當的地位。

不過俞先生有一個孤高的性格，說他是逃避現實也好；總之，他是不願與人相爭的，如果拿這種態度當做書生本色看，那麼這種逃避現實也可看做一種節操。

俞先生現在的生活，並不甚豐裕，他的職業祇在北平中國大學教幾點鐘書，而且拿的車馬費也只夠車馬費而已。

聽說：教會色彩的大學，請他去教書，是不可能的，聽說前些時候某國立大學也曾下過聘書，他竟也拒絕了，這個，我們很可以知道俞平伯先生的個性和高傲了，他並不是一個賤賣的人。

武者小路先生的「曉」

張我軍

本書原作者武者小路實篤先生，在日本近代以至現代作家中，是我所尊敬的一位。他的作品，自魯迅先生所譯的〈一個青年的夢〉以次，被譯成中文的也不在少數，是日本作家中比較為中國人所知道的一個，所以我在這裡似乎無須詳細介紹了。不過，我還是想要說幾句。

日本的文學批評家，有稱他和他的一派為人道主義派的；他的作品中，確乎有不少人道主義的成份。也有稱他和他的一派為新理想派的；不錯，他的作品儘管以現實為基礎，卻又篇篇都含有一種理想。還有，因為他和志賀直哉先生等人辦了一個雜誌叫做《白樺》，幾個同人藉以為發表作品和意見的機關，所以稱他和他的一派為「白樺派」。

《白樺》這個雜誌創刊於民國紀元前二年，到了民國二、三年就被認為日本文壇的一支勢力；到了民國六、七年居然執了日本文壇的牛耳。然而民國十二年雜誌停刊而日本文壇的主流也離開「白樺派」了。「白樺派」的代表作家，不消說是武者小路先生和志賀先生。

「白樺派」雖已成了文學史上的名詞，然而她所留下的足跡既大且深，所以他們的作品，無論是當時的作品或是後來發表的作品，直到現在仍然為日本的讀者層所愛讀。最近日本的書店還出版了白樺叢書，便可窺見此中消息了。掏出良心說著話的作品，性命是絕對不會那麼短的。

然而可惜志賀先生在這十幾年來不大寫小說了，只剩武者小路先生在那裡孤軍奮鬥。他不斷地在那裡寫戲曲、寫小說、寫隨筆，興頭到了也做幾首詩。而且他的作品，自始至終是掏出良心說著，迥異乎那班阿諛附和的作家，所以始終受人——至少一部分人——歡迎。

本書是民國三十一年發表的長篇小說，原題《曉》，我覺得單一個曉字不大好讀，而且現在國語中也不用於原義，所以用了「黎明」二字為題。據明石書房版本書原作者跋中所說，這篇小說原是分六回登在《婦人朝日》的，當時為了字數的關係，末尾寫得潦草，所以刊印單行本時，末尾的地方又補寫了不少。本譯文是依據明石書房版單行本的。

我和武者小路先生第一次見面是在民國三十一年十一月，地點在東京。去年四月又在北平見面數次，八、九月間再在東京會過幾次。識荊以來為時雖然不久，但是一來有了知堂師的關係，二來為了投緣，所以默默之中，我已敬之如師，他也以好友的學生待我了。

去年八、九月間，我曾到井之頭公園左近，穿過杉林去拜訪過他的書齋一次。那時他問我看過《曉》沒有。這一問可把我問住了。因為我事實是沒看過，然而又好像有一點印象似的，於是含胡其辭的答道：讀倒是還沒讀過。

然而不到一分鐘我就想起來了。原來這本書，我在八月中旬將啟程赴日時，曾經買到，因為沒有工夫尚未過眼，而只看過了跋的一段。這時候他接著說：這一篇是我近來自以為比較得意的作品。我便接著說：先生的跋中也這樣說著，我因為忙於準備東渡，所以本或還沒拜讀，回國以後，一定要首先拜讀的。並且附帶說了一句：假如我有工夫把她譯成中文，先生願意嗎？武者小路先生當時表示同意，我也決計回國以後讀一讀看，認為可以譯便立刻要譯成中文，介紹於我國的讀者。

九月中旬回國以後，我立刻讀了兩遍，覺得確乎是日本文壇近年來所產的傑作，而且喜歡武者小路先生的老而益壯了。究竟還是他！我得到這個結論之後，立刻就動手翻譯了。無奈終日為生活而奔波，沒有較長的時間；加及家中多事，病人續出，譯筆不能揮動如意，至今五閱月才譯完全書。

武者小路實篤（Mushyakouji Saneatsu）先生今年是六十整壽了。我誠然愛他的作品，尤其愛他的為人。不知什麼緣故，我自從見了他之後，總是思念著他。然而一別以來五閱月，連一張明信片也未曾寄去。不過我深信他是不會怪我的；不但如此，他有時也會思念我無疑。

（中華民國三十三年二月二日記於北平）

附錄：《風雨談》雜誌全套二十一期總目錄

第一期目次（中華民國三十二年四月）

第二期目次（中華民國三十二年五月）

第三期目次（中華民國三十二年六月夏季特大號）

第四期目次（中華民國三十二年七月二十五日）

第五期目次（中華民國三十二年八月二十五日）

第六期目次（中華民國三十二年十月號）

第七期目次（中華民國三十二年十一月）

第八期目次（中華民國三十二年十二月二十五日，新年特大號）

第九期目次（中華民國三十三年一二月號合刊，春季特大號）

第十期目次（中華民國三十三年三月）

第十一期目次（中華民國三十三年四月）

第十二期目次（周年紀念號）

第十三期目次（中華民國三十三年七月）

第十四期目次（中華民國三十三年八月九日）

第十五期目次（中華民國三十三年十月）

第十六期目次（中華民國三十三年十二・一月　小說狂大號）

第十七期目次（中華民國三十四年四月）

第十八期目次（中華民國三十四年五月）

完整復刻・經典再現
探索民國人物風華往事

《風雨談》【全套6冊不分售】
原發行者：風雨談社；原刊主編：柳雨生
定價：15,000元

收錄原月刊共21期，是上海乃至整個淪陷區最引人注目的大型文學期刊。作者的陣容是空前巨大的，包括周作人、張我軍、包天笑、蘇青、路易士、南星、紀果庵、龍沐勛等人。主要欄目有專著、評論、小說、散文、詩歌、戲劇等。

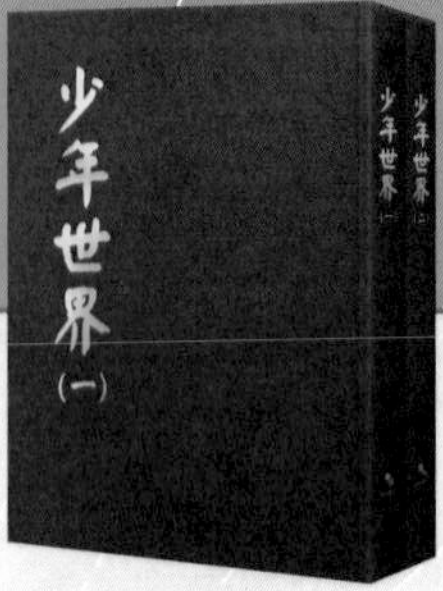

《少年世界》【全套2冊不分售】
原發行者：少年中國學會
定價：6,000元

收錄原月刊共12期，是在富本土化與通俗化的「五四運動」時代的重要刊物，注重實際調查、敘述事實和應用科學，其內容闢有〈學生世界〉、〈教育世界〉、〈勞動世界〉等欄，影響深遠，值得細賞。

限量發行

《天地》【全套2冊不分售】
原發行者：天地出版社；原刊主編：蘇青
定價：6,000元

收錄原雜誌共21期，網羅「日常生活」、「女子寫作」兩大特色鮮明文章；其中「女子寫作」以蘇青及張愛玲的作品居多，張愛玲散文名篇多刊登於此。其他女作家尚包括梁鴻志的女兒梁文若、周佛海的夫人楊淑慧、東吳女作家施濟美等。

《古今》【全套5冊不分售】
原出版社：古今出版社；原刊主編：朱樸
定價：12,500元

收錄原月刊共57期，其中重要作家有北方的周作人、徐凌霄，南方的周越然、張愛玲，還有汪偽文人，如：汪精衛、周佛海。內容側重知識性與趣味性。為上海淪陷時期的代表刊物，可供學術研究使用。

《光化》【全套2冊不分售】

原發行者：光化出版社；原刊主編：江石江

定價：6,000元

收錄原月刊共6期，是抗戰勝利前夕難得一見的文學期刊，由中共地下黨所支持，在當時淪陷區的刊物而言，是頗具份量的。作者包括陶晶孫、丁諦、楊絢霄、柳雨生、紀果庵等人，皆是當時赫赫有名的作家，極具研究及收藏價值。

《大華》【全套5冊不分售】

原出版社：大華出版社；原刊主編：高伯雨

定價：20,000元

收錄原雜誌共55期，掌故大家高伯雨所創辦的雜誌，內容可分：掌故、人物、藝術戲劇、政海軼聞、生活回憶、文物、詩聯和雜文等類，是同類雜誌中的上品。由於高伯雨深知掌故，自己也寫掌故，現在編掌故，自然知道如何取捨，在內容上有相當高的史料價值。

《自由人》【全套20冊不分售】

定價：50,000元

本套書為市面上唯一完整收集，收錄從四十年三月七日發行，到四十八年九月十三日停刊，維持約八年餘的三日刊。文章精彩，內容多元，析論入理，頗受當時臺灣以及海外，尤其是美國華僑的注意，極具研究及收藏價值。

史地傳記類　PC0992　讀歷史127

《風雨談》雜誌精選

原發行者 / 風雨談社
導　　讀 / 蔡登山
責任編輯 / 石書豪
圖文排版 / 周妤靜
封面設計 / 王嵩賀

發 行 人 / 宋政坤
法律顧問 / 毛國樑　律師
出版發行 / 秀威資訊科技股份有限公司
114台北市內湖區瑞光路76巷65號1樓
電話：+886-2-2796-3638　傳真：+886-2-2796-1377
http://www.showwe.com.tw
劃撥帳號 / 19563868　戶名：秀威資訊科技股份有限公司
讀者服務信箱：service@showwe.com.tw
展售門市 / 國家書店（松江門市）
104台北市中山區松江路209號1樓
電話：+886-2-2518-0207　傳真：+886-2-2518-0778
網路訂購 / 秀威網路書店：https://store.showwe.tw
國家網路書店：https://www.govbooks.com.tw

2020年11月　BOD一版
定價：120元

國家圖書館出版品預行編目

<<風雨談>>雜誌精選 / 蔡登山導讀. -- 一版. --
臺北市 : 秀威資訊科技股份有限公司, 2020.11
面 ;　公分. -- (史地傳記類 ; PC0992) (讀歷史 ; 127)
BOD版
ISBN 978-986-326-869-7(平裝)

830.8　　109017138

讀者回函卡

感謝您購買本書，為提升服務品質，請填妥以下資料，將讀者回函卡直接寄回或傳真本公司，收到您的寶貴意見後，我們會收藏記錄及檢討，謝謝！
如您需要了解本公司最新出版書目、購書優惠或企劃活動，歡迎您上網查詢或下載相關資料：http:// www.showwe.com.tw

您購買的書名：____________________

出生日期：________年________月________日

學歷：□高中（含）以下　□大專　□研究所（含）以上

職業：□製造業　□金融業　□資訊業　□軍警　□傳播業　□自由業
□服務業　□公務員　□教職　□學生　□家管　□其它_____

購書地點：□網路書店　□實體書店　□書展　□郵購　□贈閱　□其他

您從何得知本書的消息？
□網路書店　□實體書店　□網路搜尋　□電子報　□書訊　□雜誌
□傳播媒體　□親友推薦　□網站推薦　□部落格　□其他__________

您對本書的評價：（請填代號　1.非常滿意　2.滿意　3.尚可　4.再改進）
封面設計____　版面編排____　內容____　文／譯筆____　價格____

讀完書後您覺得：
□很有收穫　□有收穫　□收穫不多　□沒收穫

對我們的建議：____________________

____

____

____

請貼
郵票

11466
台北市内湖區瑞光路 76 巷 65 號 1 樓
秀威資訊科技股份有限公司 收
BOD 數位出版事業部

（請沿線對折寄回，謝謝！）

姓　　名：＿＿＿＿＿＿＿＿　年齡：＿＿＿＿　性別：□女　□男

郵遞區號：□□□□□

地　　址：＿＿＿＿＿＿＿＿＿＿＿＿＿＿＿＿

聯絡電話：(日)＿＿＿＿＿＿＿＿　(夜)＿＿＿＿＿＿＿＿

E-mail：＿＿＿＿＿＿＿＿＿＿＿＿＿＿＿＿